歌集

泥つき地蔵

米田靖子

本阿弥書店

泥つき地蔵　目次

Ⅰ　二〇〇八〜二〇〇九年

装画　ひがしはまね
装幀　大友　洋

歌集

泥つき地蔵

米田靖子

I

とんど

たかぞらへみぎへひだりへとんど火の炎よ　生きてあがくたましひ

大とんどほのほのよぢれよぢよぢれ役小角《えんのをづぬ》の呪詞《じゅし》聞こえくる

けものらの畏れしほのほ火柱の芯より生まれくる青き霊

とんど焼きとんどとんどと囃す子ら　それに応へて爆ずる青竹

老い、をさな　神の貌して田のなかのとんど火で焼く餅のふくらみ

とんど火で焼く餅くろくこげたれど〈病知らず〉とわれらいただく

火も水もみそぎとならむとんど火に照らさるる村びとに雪降る

東に行く

しつかりと「東に行く」と言ひてのち義弟逝きたり東には墓

くぢら幕張ればあの世が近づきて死者のたびじたく草鞋を履かす

快適なホテルのやうな火葬場にけむりの見えず魂遠《たま》ざかる

土器のかたち焼き固めゆく火ぢからは骸《むくろ》のかたち消してしまへり

種蒔きし義弟の逝けどあをあをと菠薐草は春をしげりぬ

生者へのこゑ

春落葉しめり帯びたりうすぐらい野井戸に落ちた時の匂ひだ

蝶が飛びタネツケバナの種が飛びナキイナゴ飛ぶわれの影から

花満つる田のれんげさう　蜜蜂を愚母のわたしを蝶を遊ばす

「ただいま」と言ふがに鳴けりつばめ一羽古巣の納屋の回りを飛びて

カッコウとひとこゑ澄みて聞こえしは前登志夫のこゑ生者へのこゑ

日の辻休み

二上の雄岳に沈む夕つ陽は手術後の夫をあかく照らせり

Ａ４の手術説明書ほろほろと意志あるごとく床に落ちたり

田起こしで日に焼けし夫病室にとろりとろんと日の辻休み

病室に置く〈ドラえもんぬひぐるみ〉夫の笑ひを引き出だすかな

国原に入院の夫いかにゐむ山中のわれ籾蒔きてゐる

ひとりゐのぬばたまの夜ほうほうと青葉梟鳴き闇深くなる

水越川の井手上げ

井《ゐ》手《で》上《あ》げて山水引けばみづ鳴れり田植ゑうながす交霊のこゑ

籾だねの万の針芽が出そろひぬひとつひとつにみどりのひびき

畦塗りはどんつくどんつく　鍬で鏝《こて》のやうに塗りたりどんつくどんつく

水張田《みはりだ》は田植ゑの前をみづ澄めり棚田かさねて無垢なよろこび

田植機のアーム四つが千手《せんじゆ》の手《て》等間隔に早苗植ゑゆく

くだりくる水流の音吐田郷《はんだがう》の早苗にひびく韻律となる

挿し苗は明日すればよしゆらゆらと水越峠《みづこしたうげ》に夕陽のしづむ

茅の輪

村びとの持ち寄りし茅匂《かや》ひつつ夏越はらへの茅《ち》の輪《わ》となりぬ

ゆふぐれの茅の輪をくぐるいつしゆんを一言主神《ひとことぬし》の風の吹きたり

直会《なほらひ》のさうめん食べて村びととなりきつてゐる六月無礼《ろくぐわつぶれい》

入院の夫にうちはを持ちて来ぬわが葛城のすず風のせて

三輪山のふもとで買ひしさうめんに少名毘古那《すくなびこな》の神の依り来る

狭井川《さゐかは》のほそきながれよ風おとに伊須気余理比売《いすけよりひめ》は子を思ひけむ

あふれむと煮え立つ鍋にびつくり水そそぎてゆがく三輪さうめんを

水田はゆりかご

夏空に大地のちから見せむとぞ稲すんすんと緑深まる

稲の吐く息のあをさよ田草とるわたしの息もあをくなるまで

カブトエビ、アメンボ、タニシ、オタマジャクシ、ヤゴ、カエルゐる水田《みづた》はゆりかご

泥まみれ夕陽まみれに田草とる明日もつづくよ青田のなかに

歳かさね、楽と苦かさね、田草取りかさね、死に際になにおもふらむ

二〇〇八年いまもなほ〈水稲の減反せよ〉と通達のくる

〈去年よりも米を植えない田を一反以上増やせ〉とJA通達

水稲の転作率を五割にし政府は瑞穂の神わするるか

月よりの贈りものかなゆふぐれの戸口に置かれ黄の真桑瓜

除草剤つかはぬあなたのやり方で稲作つてます入院の夫よ

夕立はあを稲をなほあをくしてこの世のあくたもくたを流す

夫にまた病名ひとつ増ゆる午後山越しの虹あはくかかりぬ

ねんごろにお地蔵さんの身を拭ふ媼が言へり「あんじょういくで」

やま神の五衰のゆゑかわが村にコンビニ建ちてにぎり飯売る

風にゆれひかりにゆれて稲の花けぶるがに咲く米価下がれど

五郎坊西瓜

西瓜づるにおくれおくれて成りし実よ末つ子のごと五郎坊《ごろんぼ》と呼ぶ

炎天の西瓜ばたけに五郎坊は大きくなるのをわすれてゐるよ

いろづきし鬼灯に触れわれに触れ風はときどき夫よりやさし

五郎坊と葛城山をひきよせぬ大和西瓜の蔓たぐりして

末《すゑ》成《な》りの五郎坊西瓜おつとりと秋風まとふ　おお残り福

百百川

〈田草取り手押し機〉を押す汗みづくのわれに天から夕立シャワー

どしやぶりに棚田八枚みまはりてしぶきにけぶる早苗のみどり

どしやぶりの雨の出水は百百《どど》川《かは》の竹藪の土手越え走りくる

降り出して、ん？といふ間に谷水は丸太二本の橋を隠せり

水没せし木橋わたるな橋の下足かきすくふ死霊がゐるぞ

百百川の河童のしわざか橋わたるわたしの足を引くものがゐる

谷川をスローモーションでながされて草摑む土手に石地蔵様

かみなりの音の尖端ずぶ濡れのわがはらわたを刹那つらぬく

この土地の感情帯びて百百川は濁流となり急峻くだる

ほんたうに稲はたくまし大雨のあとにあしたの青を見せたり

正倉院展

丸太なる十六キロの「全浅香《ぜんせんかう》」展示ガラスを透きて匂へり

透明の蜂の巣に似て六角の瑠璃光りあふ「白瑠璃碗《はくるりのわん》」

校倉に侵入せしか半身に皮膚残りたる「貂のミイラ」は

吐田米

わかき稲ひと夜で枯れしわが田よりあをき浮塵子《うんか》のしきり飛び立つ

「田草取り足らんから稲弱《ちょろ》いんで、浮塵子にやられた」病める夫言ふ

幾ところ白く素枯れつ無農薬の田の稲ばかり浮塵子襲ひて

となり田の老いは言ひたり「無農薬、有機肥料で稲作る阿呆」

稲の乳吸へる浮塵子の天敵は蜘蛛　水田に蜘蛛を殖やさむ

ゆふぐれのあかねの雲に抱かれて胎児のやうな白き三日月

切株に腰を下ろせり切株は樹の墓なるになんとぬくとし

ゐのししの昨夜の遊行しつかりとひづめの跡はわが家をめぐる

稲刈ると助つ人をとこ四人来て指図する夫やまひなきごと

助つ人の留学生のロベルトは初めて鎌で稲刈ると言ふ

コンバイン男四人を従へて御輿のごとし乗るは稲霊《いなだま》

籾ぶくろ三十キロを運びくるインドネシアの天手力男《あめのたぢからを》

アマテラス高天原で稲つくる神話おもひぬ稲刈りしつつ

稲刈り鎌腰に差したるわがすがたをひとは褒めたり「一人前じゃ」

コンバインのあとに従ひ刈り残る稲をときどき鎌で刈りゆく

あさなゆふな見守りくれてありがたう　ひかる新米カカシにそなふ

むしろに干す稲種の籾　吐田米《はんだまい》の宇迦御魂《うかのみたま》はひなたぼこする

近江

みづうみはしろがねいろにしづまりて暮れのこりつつ水鳥の影

蒲生野に乳牛の糞にほひつつ穭田《ひつぢだ》の芽があをく萌えをり

〈化粧品・八田薬品〉の看板を廃屋にかかぐ若狭街道

木に掛けて並べ干したる赤蕪湖よりの風にちりちりちぢむ

谷ひとつ萱ばうばうと立ち枯れぬもとの棚田の畦が残りて

石道《いしみち》の観音さまよ千年もひねりしままの腰いたまぬか

散りぎはをみづからのいろ黄に赤に出だすもみぢよ偈頌《げじゅ》のごとくに

ほうほうとひとのこころをまねきをり空き家の庭の花梨の熟れ実

軒先に肥料のふくろ積みあげる秋の湖北の農家親しき

猿田彦わたりゆくらし夕映えの近江の湖のひとすぢの朱

ひたすらに、なう

塩壺の塩溶けてありどうすれば愚公移山のこころ持てるや

ギーッチョン、ギッギーッチョンときりぎりすひたすらに鳴くひたすらに、なう

露草の藍のぱちりと咲く見れば昨夜のかなしみしぼんでしまふ

わが村は均質化して闇のなき〈痴呆〉とならむコンビニ明し

わが棲める葛城山をたましひの帰るところと古代人いふ

仏さまはごうーんごうーん鐘が好き神さまはりんりん鈴が好き

月光にしろがねはがねけものめく　軒下に置く唐鍬《とんが》、大鎌

葛城の闇を見るべくぬばたまの夜《よ》のかうもりは音立てず飛ぶ

トラクター、コンバイン、米、精米機、田植機　納屋で休息の冬

出勤簿なし

〈ツタンカーメン豌豆〉の芽のむらさきよエジプトのかぜ記憶にありや

ゑんどうに竹の支柱を立ててゆく出勤簿なき朝のはたけに

春山に重機ひびきて逃げ来るかわが家のめぐり百鳥《ももどり》のこゑ

春キャベツ覆へる網に絡み死すヒヨドリ一羽目を開けしまま

樫の樹にあはうあはうと鴉鳴くたまたまわたしホモ・サピエンス

飛翔体

谷風の吹きあがるとき杉くわふん黄天狗となり山肌を飛ぶ

よこ雲の向かう明るしひと恋ひて紺青《こんじやう》鬼《き》となる僧のゐたりき

山の端に出でし春月郭公のこゑ聴きとめて赤くふくらむ

山桜つぼみうるほひ今まさにうすべにいろの樹液流れむ

大根をちからまかせに引き抜けば穴の奥より獣の目ひかる

川底より〈カーネルおじさん〉見つかりて神話くづるる阪神タイガース

百年後八十軒の字《あざ》〈増《まし》〉のわが邑《むら》消えむゐのしし増えむ

さくら咲く日本列島横切りて飛翔体越ゆ二〇〇九年

威嚇せんとミサイル飛ばす小国にかつての日本が見え隠れする

ことばこそ人間の知恵「大丈夫」「それでいいよ」は日向のにほひ

『日本語が亡びるとき』を読みゆけど歌詠む国と楽観視する

スワヒリ語の母語を話せぬ若者が増えしと嘆くケニア留学生

経済を支配されし国ことばまで支配されたり燕飛び交ふ

陽に応ふる象《かたち》うるはしゴムの樹の厚き葉つぱは交互に出でて

遠くより見る竹群はかぐや姫ゐるがに春のゆふべ明るし

鹿の背の古毛ぬけつつその肌のしろき産毛はひかりまとへり

ねぢまがる大根に似て身の内の中心の棒弱りてゐたり

おつととと踏みさうになる薄みどりひとり芽生えの南瓜の双葉

春大根

直売所に出荷をせむとよしゑやし腰ぬけるほど大根抜けり

藁束子《わらたはし》で大根こすりあらひたり世間離れの形うつくし

早太り春大根をあらふ時きゆうきゆうといふときめきのこゑ
「磐《いは》之《の》媛《ひめ》」と言ひてもよけれ腕《ただむき》のやうなま白きはるだいこんは
百《ど》百《ど》川《かは》のおほきなる手があらひゆく大《おほ》根《ね》根《ね》白《じろ》の白腕《しろただむき》を

すべすべのだいこん肌にわが決めし¥120 バーコード貼る

生産者わが名を貼りし大根に料《れう》る人らをしばらく思ふ

笹百合

せきれいの尾はぴんぴんと水張田のみづを打ちつつ田植ゑうながす

田の神が見そなはすかな病抜けて今年の田植ゑするわが夫を

植木屋は鬼作らむか青竹にくろき棕櫚縄角《つの》結びする

多すぎるひとの言葉に疲れたり一本の茎に笹百合ひとつ

子の職をと祈りて書けりむんむんと青田の匂ふたなばたの夜に

茄子漬をうつくしくせむ糠床の桶に異物の錆び釘三つ

唐辛子、胡瓜、山桃、苗代茱萸《なはしろぐみ》、茄子のとれとれ　太陽の子ら

開けつ放しの窓の向かうの夏山にさあ草刈りをせよと起こさる

黒揚羽ゆらゆら飛べりスミチオン匂ふ修羅場から羽化したるらし

婿洗ひ池

山峡の婿洗ひ池あをふかし姑《はは》の生家の田をもうるほす

婿洗ひ池をめぐれる虎落縄《もがりなは》この世とあの世のさかひひとすぢ

「婿洗い池の祠の罔象女《みずはのめ》は女《おなご》がきらい」姑のくちぐせ

新婿《にひむこ》の裸身あらひて雨乞ひし池のやまみづ冷たかりけむ

雨乞ひの無きいまの世を罔象女かなしみ蒼く水に眠れり

稲作研究会

天《あま》くだり羽をたたみて青鷺は田に早苗挿すわれを見てをり

吐田郷の早苗活着したる朝夫の叔父さんひそとみまかる

胃潰瘍の夫に治せと大和芋一年ぶんを持ちくれし叔父

兜蝦《かぶとえび》、豊年蝦のあまたゐる水無月の田を叔父褒めくれし

根つからの農民叔父は蜻蛉《せいれい》となりて稲穂のうへを飛びくる

大和芋と稲の輪作　大和芋は稲の四倍の儲けと言ひき

ひとり減りふたり減りして潰えたり叔父立ちあげし稲作研究会

食の字は人に良きなりはつなつのなづきに清く食の字ひびく

壺坂霊験記

郡界橋《ぐんかいばし》わたればわれのふるさとの高取町《たかとりちやう》に入りて華やぐ
しら髪をきりり巻きあげばあちやんは「壺坂霊験記」を踊りけり

炒りたてのそらまめにほふ御ひねりをばあちやんくれきおしかばあちやん

五世紀のオンドルの跡出土してわが生れし地は渡来人のすゑ

渡来人の最古の集落跡のあり異国も天国もひとつづき

山栗

裏山に栗をひろひてほつこりと栗ごはん炊く山姥われは

じかんかけ煮る渋皮の山栗よえへへんと笑つたやうな飴色

「こんばんは」勝手口より村びとはいつも入り来るよ身内のごとく

わが家のうはさばなしをするこゑに塩撒かれたるナメクジわれは

ゆふかげのつくよみをとこ、揺れたきやうに揺るるすすきに慰めらるる

〈大企業を作るぐらいの気力いる〉河合隼雄の親子の論は

つねにつねにカーテンしめて居間にゐる昼間のおまへ百舌の目をする

子の過去もいつか変はらむ　今言へる「鍵っ子のオレさみしかった」が

わが過去も可変とならむ　子育てのこころの傷のいま深けれど

葛城山ゆパラグライダーでひとは飛ぶ役小角《えんのをづぬ》もびつくりぎやうてん

むらさきの陶器のやうな通草の実谷の宇宙にみしりと裂ける

あけびの種とほくへ飛べり百年後谷の思想のごとく芽生えよ

少女期の赤い服着せ〈ほほゑみ〉とカカシに書きぬ　いま欲しきもの

大豆植ゑ地産地消と意気込めど減農薬にカメムシあまた

越冬のわけぎの根もと籾殻をほこらほこらと覆ひてゐたり

卑弥呼の里

二両なるワンマン列車　畝傍、香久山、桜井、三輪を過ぎ巻向へ

三世紀の柱の穴の水たまりのそりのそりのそりとザリガニうごく

鏡もつ卑弥呼の顕ちぬ壜青き清酒〈卑弥呼の里〉売る乙女

箸に陰《ほと》つきて死にけむ箸墓に常世生きつぐ朱のからすうり

倭《やまと》迹迹《とと》日《ひ》百《もも》襲《そ》姫《ひめ》のみささぎのくびれ部のうへ冬雲わたる

Ⅱ

一寸そらめ

年明けのひかりに吼《ほ》えむ注連縄の首輪飾りの阿吽狛犬

ひよつこりと土あくびして大きなる双葉の芽生ゆ一寸そらまめ

そらまめはそらを見たいと芽を出せり土の上まで殻持ち上げて

ふるふると土寄せしたりそらまめの黒瞳のやうな花さきたれば

地球《テラ》のぬくみあらはれにけりパチリパチリ目覚めるごとくそらまめの花

就農の平均年齢六十四　一つ若いぞ　ジャガイモ植ゑる

稲つくる御所《ごせ》びとに似む村雀いつせいに来ていつせいに去る

パンク修理

四十四年九か月間勤めあげ今日退職の夫よ　ありがたう

七枚の学生よりの寄せ書きをたからと辞めたり事務員の夫

自転車のパンク修理の名人らしわが夫あての寄せ書き見れば

〈ユルいキャラ〉〈お父さんのよう〉と書かれつつおのが息子と久しく語らず

結局はわがことばかりして来しを冬の銀河に叱られてをり

「家族だから一緒に食べよ」湯気の向かう般若面《はんにやづら》して父は子に言ふ

こんなにも真剣にぶつかり合ふよ　父の叱咤を子は待ちゐしか

ほんのすこし軋みたてつつ開きたり大寒の子の内の岩戸が

きさらぎのひかりをうけて履歴書を書きゐる次男　さうだ、やる気だ

万寿子よ

三日月の尖端青くしづくして六十三の友は逝きたり

死神の足音聞きつつ暮らしけむ万寿子《ますこ》よ梅が対岸に散る

らふそくのほのほにゆらぐ死者の眉「わたし充分生き切ったのよ」

聞き上手な友を亡くしき通夜の灯に石蕗の葉のつやつやと照る

寒林のそらから温き雨降れり嘘の雨なり納骨のとき

石の御殿

照り陰りする庵治石《あぢいし》がちちははの住処となりぬ木の墓標失せて

酒粕にしろうり、きうり漬けこめば琥珀色となる　時間のうふふ

〈殿様のお池〉に潜くかいつぶり朝夕に見て乙女となりき

「新《さら》はいい、石の御殿で暮らしとる」もんぺすがたの母言へり、夢

そらまめは花咲きしまま枯れゆきて下に土竜の穴があるある

天からの小さき苞《つと》よひとすぢの糸光りつつ蓑虫揺るる

山中びと

花に酔ひ人間に酔ひ酒に酔ひ山中《さんちゆう》びとのわたしは丹色《にいろ》

杉の木に〈山改《やまあらため》〉と墨書きすけものらの山を私有地化して

臍の緒でバトンリレーしてわたくしは一億六千四百万六十三歳

スーツ着る初出勤の子のうへに龍神雲のしろく湧きたつ

音たかき水越川《みづこしがは》のみづ引けば平たくなりぬ　苗代七坪

隧道を抜ければ谷地《やち》の青竹のあをあをぬれて温みのたまる

たけのこの掘られしところこの臭さ昨夜《よべ》来たりしはきつとゐのしし

孟宗のたけのこ掘りを競ひたりゐのしし夜に、わたくし朝に

かたむきぬ。斜面に頭出してゐる雨後のたけのこも掘るわたくしも
竹群の青精霊のこゑならむ月呼ぶやうな透明のこゑ
くねくねとくねつた道の行きどまり暮らしの情《じやう》の金盞花ひらく

田のなかの野井戸の水を手に掬ふ深き底までひかりひとすぢ

井戸の底は黄泉へつづくか井守《あかはら》のけさ遊びゐる二匹三匹

移動販売車

あんパン、鯖、鶏肉、醤油、塩積みてなんでも屋さん軽トラで来る

村びとの家の門先たちまちに細魚《さより》さばける軽トラの店

婆が言ふ「鯖鮨買うで、山中《さんちゅう》に住んでも御馳走《ごっつぉ》食べられるわな」

スーパーへ五キロ隔たるわが邑《むら》に週一の移動販売車くる

「ツタエさん、入院したで」販売車かこむおうなの井戸端会議

子が勤めしこころゆるびに隣人とともに軽トラのあんパンを買ふ

戦前、御所《ごせ》から五條まで路線を延伸する構想があった。

御所駅は終着なれど延伸のなごり引上線《ひきあげせん》の鉄さび

二上のふたみね見ゆる御所駅よりとんぼとともに電車に乗りぬ

西北に二上山をいただけり五・二キロの近鉄御所線

喫茶店の隅にすわりて安心す杣棲《そま》みわれは尻尾かくして

キトラ古墳

キトラ古墳保護覆屋《おほひや》の空調の風はひびきて主《ぬし》のねむれず

青竜《せいりゆう》のうつくしすぎる青いろを死者食みたるか青無きところ

死者まもる四神のひとつ西かべの胴なが白虎構ふるところ

朱《あけ》いろの朱雀みぎ脚つよく蹴り羽をひろげて飛び立つところ

玄武《げんぶ》とは雌雄なるらし蛇の眼と武の亀の眼が見交はすところ

星宿図千三百年も見つづける壮年男子のお骨一体

十二支の石室壁画　顔は午《うま》、身は赤法衣着て二本足

石室に入ればしたしたしたしづく落つもしこゑ出さばワタシコワレル

石室のしづくに濡れてをみなわれ異類に戻りゆくやうな春

わが首のくびき外れる長い長い旅から帰つた牝馬のやうに

埴輪

死ののちも四条古墳の王まもるながき弓もつ赤土をとこ

つぶされし古墳のあたりすずやかな笛の音《ね》するは埴輪が吹くよ

五世紀に人なごましし埴輪なり笛吹き男の口のとんがり

今風の詰襟ならむ引き締まる盛装埴輪のひとりに逢ひぬ

銅鐸の音色ひびけり橿考研《かしかうけん》博物館に正午を告げて

花蓮

水田の泥つめこみし大鉢に蓮植ゑたればヤゴも棲みゐる

蓮浮葉みづいちまいを枕としねむいねむいとねむりてゐたり

音の無く花咲《ひら》きたりひらく音聞かむと蓮にさもらひをれば

「また、あした」蓮のこゑして一日目ひらききらずに蕾にもどる

二日目の香れる蓮は満開よむかうにあをき畝傍山見ゆ

きそひあひ咲く花蓮《はなはちす》ひとつ散るふたつ散るやがてみな散りゆかむ

ぺこぺことへつらはないで　生れたてのみどり涼しきコメツキバッタ

〈花蓮〉詠みし赤猪子《あかゐこ》若き日は頬ふつくらと蓮のごとけむ

秋津遺跡

わが家よりひがしに見ゆる秋津野に今年も彼岸をひがんばな咲く

〈蜻蛉《あきづ》の臀呫《となめ》〉云々とうたはれし秋津遺跡に祭祀跡出づ

出土せし翡翠管玉《ひすいくだたま》四センチ紐通し孔に縄文期のやみ

秋津遺跡に接する中西遺跡、二首。

弥生期のひとの足跡われよりもすこし大きい泥田乾きて

くつきりと土踏まずまで残りあり二四〇〇年前の田に

稲のこゝろ

土に草に樹に早苗田に降る小雨ひかりの地図の現れにけり

『コメの話』『どうしてもコメの話』書きし井上ひさしは宇迦魂《うかたま》の神

猛暑なるこの吐田郷《はんだがう》「田にみずを入れつづけてや」稲のこゑする

農訛りコンプレックス人まへで歌を読むとき一身熱《いつしんほて》る

〈吉野川開き〉にわれを待ちくれし叔母よ朴鮨、朴餅作りて

飲み干せばペットボトルは無色界《むしきかい》のただの器となりきつてをり

火星にも水ありしとふ　井戸水に星のこゑ聞き西瓜冷やせり

定型のこがね稲田に類型の好きな村びと連れ小便す

衣食住足りてゆくらしあをじろき次男の顔に色さしはじむ

波状なして「稲刈れ刈れ」と飛びゆけりあれこそきつと稲負鳥《いなおほせどり》

はやぶさ

二〇一〇年九月、〈おかえり「はやぶさ」帰還カプセル特別公開〉を見る。

イトカワの微粒子とりしカプセルよ七年の旅せし玉手箱

ポリエステルの白パラシュートはカプセルをふんはりと地球に落としたり

イトカワは公転・自転すその全長たつた五三五メートルで

ラッコ型イトカワ星は小さきに十二時間で自転するらし

秒速度三十キロではしる地球歌詠むひとりわたしも乗せて

この星を自転速度で駆けたならつまらないだらう昼ばかりゆゑ

水仙乙女

ポケットからもの出すやうにぷるるるんとうるはしきひとを連れ帰りくる

玄関があかるくなれり水仙のすつくと伸びた乙女の立てば

ふつくらと胴ふとりしを白菜が自慢してをりわが畑にて

美しい嫁とあゆめりゐのししの蹄のあとを土の眼と言ひて

ほがらかな小綬鶏のこゑ、シャガールの「飛翔」のごとき長男夫婦

国栖奏

吉野川のきりぎしに建つみやしろに国栖奏《くずそう》舞へり花の翁は
かろやかに鈴鳴らし舞ふ国栖びとの節くれだちし太きその指

わが髪にかざしたまひぬ山神の王冠のやうなひかげかづらを

「聞《きこ》しもち飲《を》せ　まろが父《ち》」と記紀しるすそのままの歌聴きをり国栖に

赤かへる眼をあけにぶくうごきたり浄見原《きよみはら》神社神饌の毛瀰《もみ》

不味いこと「毛瀰無い《もみな》」と祖母、父言ひき毛瀰の蛙はご馳走と知る

大和真菜《やまとまな》、水菜、小松菜に葉ダニゐて寒のみどり葉しろくなりゆく

大和真菜みどり褪せゆく葉のうへに小さき葉ダニゐるはゐるは

大根の葉つぱはしろく枯れたれど土中の大根《おほね》ああみづみづし

ふるくにの雪のにほひとともに来るたらちねの母の十七回忌

曽爾村の伯母

「ばあちゃんが大好き」と言ふ長男はばあちゃん生れし曽爾村《そにむら》も好き

連休は息子夫婦に従へり母のふるさと曽爾を歩けり

屏風岩の柱状節理ひかりまでたてに走るよ風も垂直

「遊山《とっきょり》の日は曽爾びとら屏風岩でどんちゃんさわぎ」亡き母言ひき

くろぐろと生れしばかりの蝌蚪たちが水音たてるよ峡の棚田に

「田も山もほったらかしや」伯母言へり過疎の進行とどまらぬ村

さわらびの煮物いただくひとり棲む八十六の伯母の手料理

彼女・が・でき・た

転作を強ひられ植ゑし躑躅、黄楊、伊吹、山茶花に手入れとどかず

転作の伊吹、山茶花よく売れきそのころ逝きし農業の舅《ちち》

大きくなりすぎし伊吹を二十本伐り倒したり久しく売れず

チェーンソーで伐れば切りくち香りたつ三十余年そだてし伊吹

「北向きに生えた樹木は北向きに使え」の言葉こころ明るむ

やうやくに勤めはじめしわが次男区切りつつ言ふ「彼女・が・でき・た」

つくづくし摘みゆくたびにくいくいと土の熱《ほめ》きにぢかに触れたり

原発事故で植付けできぬフクシマの農を思へり籾蒔きながら

茄子、胡瓜、西瓜、トマトの若苗に水をやりたりみどり児の匂ひ

茄子を喰ふテントウムシダマシ、胡瓜喰ふウリバエ　虫の好物それぞれ

生れたてのあまたの目高およぎゐて長さ三ミリ眼ばかりの生

太みみず無量のひかり嫌ふらし全身の皮膚ひからびてゆく

振るたびに頭上でわづか静止して空に礼《ゐや》せり耕す鍬は

外灯の青いひかりにあつまりて翅をふるはす蛾《ひひる》のうれひ

夜な夜なにガラス戸を這ふ大守宮ガラパゴス島から来た奴か

梶の葉

茶のこころ何かと問ふに「見わたせば花も紅葉もなし」では分からぬ

水指しを梶のあを葉で蓋をして涼風よばむ七夕の夜

梶の葉の蓋を開ければ水指しのみづのおもてに天の川みゆ

一節を残して上下切りしのみ利休つくりし「竹尺八花入《たけしゃくはちはないれ》」

黒茶碗利休このみき黒こそは宇宙のいろとわれは思はめ

堺なるバックボーンのありたれば利休つらぬきし茶人の自由

千利休屋敷跡あり井戸みづの〈心味《しんみ》の無味《むみ》の境〉の匂ひ

田螺長者

水田の犬稗引けば絵草子の田螺長者にひよつこりと遇ふ

無農薬のわが早苗田にあまた棲むたのしたのしと田螺の親子

くちばしでハシブトガラス殻割ればキューキューキューと田螺の悲鳴

老いは言ふ「米の出来高悪うなる、養分食べる田螺ほかしや」

水神のまなこのやうな峡の沼まばたきしたり満月をみて

うんか来てこがねむし来てとんぼ来て昆虫館となれりキッチン

君の掌はあたたかい掌だ巣より落ち飛ばぬつばめをあたためてゐる

勤めしは三十五年あそびしは二十九年　まだ遊ばうよ

さよならと、ささ、さよならと水楢の、漆の、櫟のもみぢ散りくる

祖霊住む鎮守の杜の梟ら夜ごと「ええしやごしや」と鳴けり

柿植ゑるならはし飢餓に備へしと　いま家々の熟れ柿採らず

かぐはしく榧の実にほふ見上げれば神話の枝が実をこぼしをり

マスクして頬かぶりして襟巻し火星ではなく寝床へ向かふ

夕占

かまきりの逆三角の貌うごきあをきまなこに鯖雲うつる

あしなが蜂のしろがねいろの巣がぶらり今年は高し二階の軒に

いつの世も迷ふ哀しきこころかな骨焼き占ふ『魏志倭人伝』

直売所へ出荷をしたり朝採りのきくきくと鳴る花つき茗荷

里芋の紅き瑞茎したしたとしづく零せり利鎌《とがま》で切れば

二日酔ひに効くドリンクを買ひに来し村の薬局　店じまひせり

〈クルマヤ〉の屋号かかぐる空き家に大八車一台朽ちゆく

かなしみのあとかたのあり昨日着し喪服の絹の秋のしろ染み

厚化粧、歳《よはひ》不明のうらなひ師わが村御所市増《まし》の辻に立つ

台風の接近予報　まつさきに稲田のみづを抜き廻りゆく

はだいろの太き前肢、腹みせて土竜ながれく出水の中を

「台風のさなかに稲田みまわるアホ」万葉集のカルチャーの師は

豪雨による赤き山崩《やまくえ》見えてをり義弟《おとうと》育ちし十津川村よ

山霧はけものの匂ひして迫る義弟の空き家の暗闇に

住処《すまひ》より高き斜面にたつ墓石ありて明治の豪雨をかたる

どんぐりが枝葉のうへを滑りつつ生きものめきて土に落ちくる

「平地にも野菜植えると知らなんだ」十津川村の少年期を言ふ

公家の出と言ひし義弟の母君よ矜恃もたねば山で生き得ず

流木のあまた流るる十津川を見下ろす庭にどくだみ干せり

流木を見つつ義弟は十津川ではやく天魚を釣りたいと言ふ

『二中暦《にちゆうれき》』に呪歌あり。フナドサヘ夕占《ゆふけ》の神に物問はば道行く人よ占《うら》まさにせよ

夕占《ゆふうら》の呪歌を三回となへたり原発の無き地球願ひて

オール電化予定をやめぬフクシマの原発メルトダウン見て以後

原発反対署名運動に参加してチェルノブイリの被曝者に会ひき

事故処理の死者二十七人入れられしひつぎは鉛　土にかへらず

チェルノブイリ放射能雲放映され原発も核爆弾だと思ふ

智者のこゑ原発止めよ　この地球に用意されたるシェールガスあり

シェールガスは頁岩層《けつがんそう》の天然ガスふかく眠りし地層のこだま

石炭を焼《く》べしストーブやはらかく小学生のわれら照らしき

たましひの渇くわたしを知るものは屋根裏に棲むいたち一匹

出しやばらず不平をいはずいただきの山毛欅もみぢ濃き葛城山よ

六十四、うぶすなからのへそのををきらずくらせりいねをつくりて

すぢ雲が唐棣《はねず》のいろにうつろひてゆふぐれどきは人ごゑやさし

青紫蘇の実がこぼれたる畑なかに「おのれを棄てよ」と風のこゑする

黄葉の波波迦《ははか》の樹皮に触りをり鹿卜《かぼく》の骨を焼きしその樹皮

米つくりその米たべてわたくしのまなこ、はな、くち、みみははたらく

III

姪っ子嫁ぐ

しらうめの一輪二輪咲くあさに姪っ子嫁ぐ「お似合いですよ」

ゆるゆると柚を煮てをりねぢれたるこころもジャムの香の中に入れ

雪喰らひしろき異形にかはりゆく洞あるふるき大榧の樹は

ひかり射し氷融けゆく峡の沼ゆわつゆわつと時間が動く

ラクダ、バター、みぞれ、ゆふぐれ濁音の一音ひびくことばぬくとし

折々に　～題詠～

海とコンビニのある歌。

コンビニの義援金箱小さけれ三陸海岸の傷みおもへば

〈一〉を三回詠む。

あさ一にそらまめ採りて直売所で値札つけをり帰《き》一倍一《いちばいいち》

「小現実」を詠む。

あさゆふに胡瓜、西瓜を採るわれもウリハムシかな小現実の

嫌ひな食べ物を詠む。

柿の葉の鯖鮨食べしをさなわれジンマシン出て荼吉尼天《だきにてん》のやう

会話の歌。

「月代《さかやき》しておとこまえじゃの」「間水《けんずい》の小麦餅でも食っていけやあ」

架空の地名を詠む。

秋《あき》津《づ》洲《しま》秋《あき》稲《いな》田《だ》邑《むら》字《あざ》稲《いな》穂《ほ》にあとしばらくを棲まはせたまへ

老い雛

コミュニティーバスに乗りくる人らみな毛糸の帽子をかぶる老い雛

ふくふくと樽にて醸すしろき泡「今年もよろしく」叔父の濁酒《どぶろく》

枯れすすき放置田《はうちだ》に揺れもがもがとほじくりゐるはあつアライグマ

出荷せむと人参しきりあらひたり髭づらの山の男の匂ひ

杉かげの四辻の雪溶けだしぬ塩化カルシウム撒きたるあたり

かまきりは卵嚢たかく産みつけぬ雪おほきこのふゆを予知して

月の夜を駆けくだり来る猪《しし》四頭　子の瓜坊をあひだに入れて

わが鎌の砥石を買はむぺんぺんとぺんぺん草の小花の咲けば

野良会議

台所《だいどこ》の床をはづせばしろがねのむくろの蛇がまるまりてゐる

まるまりて神となりしかこの蛇の棲み処の田んぼをわれら奪ひき

「想定外」はせきにんのがれ〈陸奥国地大震動《むつのくにだいしんどう》〉と『三代実録』にあり

巣作りのつばめら納屋を占領し須佐之男《すさのを》のごと糞まきちらす

三十五の子の誕生日　葱坊主ばうやうとして可憐なる花

ここへ茄子、あちらへ胡瓜植ゑてゆく夫とふたりの野良会議して

唐鍬《たうぐは》はくさび替へればしつかりすわれもこころのくさび替へたし

まひるまに西の山より移りきて狐の嫁入り苗代に降る

月光が新キッチンの床照らしここがあなたの居場所と言へり

まあええか

かきかぞふ二上山は萌えたてのみどりを噴けり魂呼《たま》ばふ如

「まあええか」今のわたしによき言葉「しもた、しもた」の後に言ひたり

くれなゐの小花やさしと思ひしに棘の逆立つ継子の尻拭ひ

ザリガニのあかき爪見ゆ排水の水泥に棲める赤の反響

葛城の金環日食みみみみと陽は臨月の月抱きたり

農機具の納屋の戸開けて「高く高く買い取ります」と髭濃き男

農機具代につちもさつちもゆかぬ日々巣作る燕に納屋を開けおく

新品の田植機盗らるわが納屋に留守番つばめ十羽ゐたるに

生みたてを割ればふるんともりあがり黄身はふるへぬ雛のゐるがに

舅供《ちち》養に植ゑし棗の若葉照りひかりくるりんくるりん遊ぶ

夏の日の山木のあをよ草のあをよ青田のあをよ村の一族

安万侶の墓

安万侶の墓をゆつくり飛びめぐるノシメトンボは秋の墓守

安万侶の墓誌、火葬骨出土しき三十三年まへの奈良市田原に

茶畑よりひよこつと出でし〈太朝臣安萬侶〉と彫る墓誌の緑青

〈左京四條四坊〉出土のはひいろの羊形陶硯で『古事記』書きけむ

ケータイにくぎづけのヒト、眠るヒト、昼の電車は異界行きらし

丁字焼き

七厘《かんてき》で丁字焼《ちやうじや》きやくばあちやんはいそいそ言ひき「靖子手伝いや」

できたてのほか丁字焼きくばりけり仏さま、ぢいちやん、おとうと、いもうと

「つらい時動くのがええ」ばあちゃんの言葉　今ではたからとおもふ

川になり、梯子になりてあやとりは騙されやすきわたしを騙す

精神の保護膜とせむ年越えしむらさきの郁子《むべ》の甘露を食みて

畦道になにか言ひたげ地蔵さまの口の雲母《きらら》がぴくりとひかる

箪笥より赤はみ出しぬ無防備なこころの尖りはみ出すやうに

おもての葉枯れしそのまま藁で結ひ外套とせり畑の白菜

受け継ぎしいのちの深し春をまつオオカマキリのしろき卵嚢

隣人の通夜

この冬は三人の老い逝きたまふ十九軒のわが辰《たつ》巳《み》垣《かい》内《と》

白布とれば頬紅あかいわらべ顔となりのばあちゃん九十五歳

九十五の媼逝きたり腰まげて茄子採りゐしは三か月前

五十枚の薄揚げきざみ米五升のあゝゝげ御飯炊く隣人の通夜

通夜、葬儀に食事をつくるならはしの近ぢか失せむ過疎化の村より

泥つき地蔵

葛城の山かげせまるわが棚田子らのこゑごゑ田植ゑにはしやぐ

いきいきと田植ゑする子ら泥まみれ泥つき地蔵よ　いぢめなどなし

「大毛虫」と子ら騒ぐなり早苗田に落ちし黄いろの栗の花の穂

農耕の血を受けつがむ十歳の早苗を植ゑる指は躍りて

カブトエビおいらを詠めとうごめけりわが早苗田に生きゐる化石

フクシマの稲穂は今年セシウムを多くふくみて植ゑずと言へり

教材の棚田の稲は点りたり〈作るな〉と言はれつづけし田んぼ

小学生が鎌で刈りゆく峡の稲発光してをり子ら植ゑし稲

〈米作りの田んぼありがとう、米は木になると思ってた〉小二の手紙

〈うちら植え稲刈りもしたハンダマイ、最高にあまい〉小四の書く

薄手火蛾

朝の枝にみどり濃き山繭一つここより秋の空気うごけり

ふくしもよみぶくし持ちて吉祥草花咲く株を分けてくださる

ぎよぎよぎよぎよと黄いろの翅にまんまるの四つの目玉　薄手火蛾《うすたびが》ゐる

薄手火蛾の翅のまんなか眼紋は夜をひかれり相聞のいろ

薄手火蛾旅立ちのあと冬枝にあはきみどりの繭殻のこる

雪おほふ二上山を越えくれば大阪のそら晴れて雪なし

愛《は》しけやし二上山のいただきの冬青《そよご》の葉擦れかの皇子《みこ》のころ

磐余池《いはれいけ》のつつみの跡が出土せり大津皇子の幽《かく》れしところ

真空のパックのなかの里芋よ皮をむかれしいなばのしろうさぎ

御火炬

御火炬《みひたき》のおきなの妻は大歳《おほとし》の火にみそぎせりわれはかの妻

太き榾木あかあか焚けり村びとの初詣で待つわが夫宮座《みやざ》

大歳の斎庭《には》に火を焚き火の梯子かけたり闇より降りくる父祖に

山神の鼾はたのしふんつーん、ふうんつーんと年を越えゆく

おのが子は四日市にて働けり夜な夜なに来る猪《しし》の親と子

のんのんと陽のうまみ吸ふ漬物にせんと干したり白大根を

己が影足にまとはりうごきたりなにか楽しきホモ・ルーデンス

〈米〉の焼印

れんげさうの花を組みたる花飾り挿頭《かざ》し園児はシャーマンとなる

園長も園児らもゐる野良あそびに入れてもらへり鄙も良きかな

大鎌に〈米〉の焼印亡き舅《ちち》のたましひとして今も残れり

振りおろし振りおろしきし唐鍬《とんが》の柄〈米〉の焼印くつきり黒し

宮柊二の『西行の歌』をもらひたり脳血栓で辞める教授に

「腹いっぱい食いたい」祖《おや》のとほきこゑわが吐田郷《はんだがう》放置田増えぬ

昨日まで建ちをりし家一つ消え更地となれり主《ぬし》は特養

身を枝に巻き付け脱皮したるらしぬけがらに眼が二つ光れる

あげひばり

あげひばり一点となりひた鳴けりアマテラスオオミカミにか逢はむ

あげひばりさへづりたかし口あけて見あぐるわれもそらに紛れむ

くさむらのなかに消えたりひばりひとつ天の真央《もなか》ゆ急降下して

放置田に巣をつくるらし朝な夕なその草むらに降りくるひばり

夕つ陽を呑みこむ山のその裾でブロッコリーの苗植ゑてをり

土にほふ移植鏝もち大字増《まし》小字立矢《たてや》の夕闇のなか

ふる沼の蟇《ひき》の卵よとうめいな胞衣《えな》の中にて揺るる黒点

交通事故

血のあふれ倒れし夫よ雨の日の救急車のなか「オレどうなってん」

交通事故見し村びとが「郁夫くんむささびのようにバイクと飛んだ」

手首、かかと、すね、肋骨の骨折に夫の言ふこゑ細し弱々し

みづいろのリストバンドの名札つけ病室の夫は赤子のやうな

穂を孕み水、水、水と稲のこゑ　棚田八枚にみづいれつづく

百姓のたましひの緑《あを》そのあをに引き寄せられて蟷螂もあを

車椅子移動の夫の命つよし一か月余で松葉杖となる

ゐのしし荒らしし稲のけもの臭し盆に祖先のあひ寄る棚田

かなかなの声して呼ぶやかの夏の北支戦死のわが叔父のこゑ

妻恋ひの殿様蛙かへる語の「ぼろびいろてる」テノールの声

いのちの時間

十九時半、土の穴より埴《はに》いろの〈地中七年〉の幼虫が出づ

十九時半、槇の樹液を吸ひし児は迷はず槇の樹を登りゆく

二十時、星を食みたる幼虫は背《せな》ひかりだす槙の葉裏に

二十時五分、たてに背割れ音もなく頭、眼の出づ羽化のはじまり

二十時半、羽化すすみつつさかさ吊りのせみ白くなる白無垢の白

二十一時、頭もちあげ今出でし抜け殻にしかとおんぶのかたち

二十一時半、翅伸びゆきてひろがりぬ蟬のたましひ遅れ入るらし

二十二時、二双二重の翅透けて翡翠《ひすい》のいろのきざしはじむる

二十二時半、胎蔵界のしづけさに生まれたる蝉天女のごとし

二十三時、しんしんとして斑紋が翅にあらはる　ああ、あぶら蝉

二十四時、翅乾きつつ尿《しと》こぼす孝徳帝の蝉冠《せんかん》のすゑ

夜明け五時、褐色の翅振るひつつ〈地上七日〉のいのち飛びたつ

あとがき

本集は『神隠し』『水ぢから』に続く私の第三歌集で、二〇〇八年から二〇一三年までの作品四九〇首をほぼ年代順に収めました。年齢で言えば、六十一歳から六十六歳にあたります。

歌集名は「いきいきと田植ゑする子ら泥まみれ泥つき地蔵よ　いぢめなどなし」という歌から取りました。泥まみれになって田植えをする子どもたちは、はしゃいで楽しんでいます。泥田に入るのを躊躇していた子どもも、素足になってよろこんでいます。土とじかに触れ、土から活力をもらったのかもしれません。人間を越えたところにある大自然はときに大きな災害をもたらしたりしますが、かぎりない豊かなものも与えてくれます。私の家のめぐりは百メートルあまり田んぼで、家がありません。そんな日常の自然をこれからも詠んでいきたいと思います。

なお表記について、これまでどおり歴史的仮名遣いを用いましたが、カッコ内とカタカナ部分のみ、原則として現代仮名遣いに拠っています。

歌集の作成にあたりましては、高野公彦氏にこのたびも選歌をお願いいたしました。大変お忙しいなか、選歌を通じて懇切なアドバイスをいただきました。装画はひがしはまね氏にお願いしました。ともに記してお礼申し上げます。また、いつも励ましてくださる「コスモス」の先輩、友人の皆様にこころより感謝いたします。

出版にあたりましては、本阿弥書店の奥田洋子氏、池永由美子氏にお世話になりました。ありがとうございました。

二〇一五年七月

米田靖子

著者略歴

米田靖子（こめだ　やすこ）

1947年　奈良県高市郡高取町生まれ
1971年　「コスモス短歌会」入会
1995年　「棧橋」参加
2000年　府立大阪女子大学日本語日本文学専攻
　　　　社会人入学
2004年　同校卒業
2005年　第一歌集『神隠し』出版
2006年　第十七回歌壇賞受賞
2009年　第二歌集『水ぢから』出版

現代歌人協会会員

コスモス叢書第一〇九二篇

歌集 泥《どろ》つき地《ぢ》蔵《ざう》

二〇一五年十月十日 発行

著　者　米田　靖子
〒六三九―二三一七
奈良県御所市増四〇四―二

発行者　奥田　洋子

発行所　本《ほん》阿《あ》弥《み》書店
東京都千代田区猿楽町二―一―八
三恵ビル　〒一〇一―〇〇六四
電話　〇三（三二九四）七〇六八

印刷・製本　三和印刷

定　価　本体二六〇〇円（税別）

ISBN978-4-7768-1203-6 C0092 (2922)